世界最高处的小岛 1

吃掉月亮的烟月兔

[加拿大] 乔纳森·奥克西尔 / 著

[俄罗斯] 奥尔加·德米多娃 / 绘

吴华 / 译

中信出版集团 | 北京

图书在版编目（CIP）数据

吃掉月亮的烟月兔 / (加) 乔纳森 · 奥克西尔著；(俄罗斯) 奥尔加 · 德米多娃绘；吴华译 . -- 北京：中信出版社，2023.4（2024.3 重印）
（世界最高处的小岛；1）
ISBN 978-7-5217-4862-8

Ⅰ . ①吃… Ⅱ . ①乔… ②奥… ③吴… Ⅲ . ①儿童故事 - 加拿大 - 现代 Ⅳ . ① I711.85

中国版本图书馆 CIP 数据核字（2022）第 196935 号

吃掉月亮的烟月兔
（世界最高处的小岛 1）

著　　者：[加拿大] 乔纳森 · 奥克西尔
绘　　者：[俄罗斯] 奥尔加 · 德米多娃
译　　者：吴华
出版发行：中信出版集团股份有限公司
（北京市朝阳区东三环北路 27 号嘉铭中心　邮编　100020）
承 印 者：北京盛通印刷股份有限公司

开　　本：880mm × 1230mm　1/32　　印　　张：9　　字　　数：240千字
版　　次：2023年4月第1版　　印　　次：2024年3月第4次印刷
京权图字：01-2022-4191
书　　号：ISBN 978-7-5217-4862-8
定　　价：68.00元（全3册）

出　　品：中信儿童书店
图书策划：如果童书　　策划编辑：王玫
责任编辑：曹威　　营　　销：中信童书营销中心
封面设计：刘潇然　　内文排版：杨兴艳

送给佩内洛普、
玛蒂尔达和黑兹尔。

穿男装，共游戏，手握小锹意风发；
好友来，促膝谈，奇巧故事兴悠长。

——[英]刘易斯·卡罗尔
《幻景和其他的诗歌》
(*Phantasmagoria and Other Poems*)

世界最高处的小岛 1

吃掉月亮的烟月兔

1

在世界的最高处，有一座小岛。

在小岛的正中央，住着个男孩。

男孩名叫奥吉，和其他男孩没什么两样。只有一处不同，那就是，他有一份工作。

大多数工作都属于大人，没劲又无聊。但奥吉的工作可不一样。

他在无双马厩上班！

每个人各有所长，奥吉擅长的是和动物打交道。他一来，小乌龟就探出脑袋偷偷瞧，小鸟就蹦蹦跳跳地凑上前，小虫子也一扭一扭地从地底下钻出来。

从外面看，无双马厩小小的，很不起眼，但其实……

住在里面的，都是独一无二的动物，有的会魔法，有的很神秘，有的怪模怪样。

奥吉走在围栏间，一边走，一边唱：“大家伙，小家伙，快快出来吃早饭！”饥肠辘辘的动物们立刻拥了过来。

动物嘛，难免挑食。但幸好，奥吉有一只神奇的万象号角。他只要把手伸进去摸一摸，就能掏出每种动物最喜爱的食物。

河马鼠……

灌木乌贼……

长嘴守财龙……

哈欠怪……

奥吉深爱着这些奇异动物，奇异动物们也深爱着奥吉。（偶尔还是有几只想要吃掉他。）但奥吉和奇异动物一样，也是独一无二的。

在这座小岛上，奥吉是唯一的男孩。

没有朋友的话，哪怕世界上最好的工作，也有困难之处。

“你说，嘭嘭肥会觉得寂寞吗？”奥吉问。

“就算寂寞又怎么样呢？”阿芬吭哧吭哧地说，“至少她不用脸朝下趴在便便里。”

阿芬也是独一无二的奇异动物——幻形树枝。他能变成各种形状，帮奥吉干活儿。比如此刻，他就是奥吉手里的长柄耙子。

“或许，咱俩能成为朋友？”奥吉又问。

阿芬翻了个白眼：“还是便便更适合我。”

2

时间到了，出去尽情玩耍吧。奥吉打开了围栏的门：“去吧，去树枝上、小溪中、田野里、小径上玩儿吧！吃点心时，咱们再见！”

奇异动物们在小岛上撒欢儿——跑啊，爬啊，飞啊，跳啊。无双马厩里的动物是自由的，想去哪儿，就去哪儿。没有笼子关住他们，也没有绳套和项圈锁住他们。

奇异动物们玩耍时，奥吉就去量量小屋找盘小姐。跟她玩儿一会儿，总行吧？

“嘿！奥吉！”盘小姐热情地打招呼。她的笑容暖暖的，任谁看了都会不自觉地笑起来。

奥吉在她身旁坐下："给我讲讲你的故事吧。挑一个讲讲吧。"奥吉觉得，盘小姐以前肯定当过海盗。但她一直不肯承认。

"现在可不行。"盘小姐用牙齿帮忙，给绳子打了个结，"我正给糕教授做梯子呢。月亮升起时他就要。"

整座小岛都是糕教授的。他年纪很大，头脑很灵，专门收集独一无二的东西。比如奥吉，也是独一无二的。

奥吉看了看那副梯子，一眼望不到头。“糕教授为什么要这么长的梯子？”

“你觉得呢？你比我更会猜！”盘小姐擦擦额头上的汗，“我很早以前就知道，不要自寻烦恼问糕教授‘为什么’。”

奥吉点点头，叹了口气：“有时候，我真希望糕教授别那么神神秘秘的。”

“哎哟，可不是嘛。”

奥吉看着盘小姐干活儿，心里琢磨着她会不会也有点儿寂寞。他很想问她，在来这座小岛之前她有没有朋友，可这时——

砰！
图书馆
无归角
麻烦湖

无双马厩突然摇晃起来，颤颤悠悠，晃晃荡荡，噼里啪啦，乒里乓啷——

3

片刻之后，四周安静下来。奥吉看见马厩的门轻轻地打开了，仿佛邀请他入内一游似的。

“怎么回事儿呀？”奥吉说。他的心怦怦怦地跳得很快。

盘小姐扶他站起来，眉宇间流露出一丝担忧：“你快去看看吧。”

奥吉走进马厩，只觉得这儿和之前不一样了。空气中飘着麝香的气味，脚下的地面软乎乎的，木头梁柱吱嘎作响，墙壁也像会呼吸似的。奥吉走到最里面，竟然发现了一间他没见过的新围栏。“今天早上还没有呢！肯定没有！”

阿芬冒了出来：“确实，但这有什么好大惊小怪的。这不是常事吗？这是有新动物要来了呀！”

新动物入住倒并不罕见。有时候奥吉一觉醒来，马厩的格局就变了——多了新围栏，多了新动物。可这次不一样。这次好像，事出紧急？

“我还从没见过马厩大白天就变模样呢，”奥吉说，“肯定另有玄机。”

阿芬哼了一声：“玄机就是，得铲更多的便便。”

4

远方的某个地方，一群猎犬正在漆黑的沼泽中狂奔，它们后面还跟着三个人。他们像是在打猎，看着却又不像猎人——身披深色斗篷，背着棍子，举着火把，一路布下陷阱和圈套。

“追啊！快点儿！”高个子举起望远镜，嚷道，“它跑不远！”

树林间闪过一抹浅蓝色的光。

“在那儿！”另一个人喊了起来，“追上去！”

猎犬龇着牙，咆哮着，瞅准目标，

穷追不舍!

5

无双马厩里，奥吉凑近了那间新围栏——里面也和其他围栏不一样！他本以为会看到木头墙壁，映入眼帘的却是月光下的沼泽。沼泽向前延伸，远超他的想象，这儿就像一扇窗户，通往另一个世界——一个非常遥远的远方。

围栏的门上挂着一个牌子，上面写着：

“什么意思啊……”奥吉问。

“想要知道，只有一招，”阿芬用胳膊肘把门顶开，“进去瞅瞅！”

奥吉紧紧抓住阿芬的小细胳膊：“咱们……咱们要进去吗？黑乎乎的沼泽？”他不太喜欢黑暗。

“**咱们**？不不不，孩子，是你去。”阿芬一甩胳膊，挣脱开了，“上次我离开小岛时，碰见了一个巨人，他竟想拿我当牙签，吓得我现在还会做噩梦呢。”他哆哆嗦嗦地说，“我的工作，是打扫卫生；你的工作，是照顾动物。所以，这事儿得**你自己搞定**。”

黑暗中传来了饥肠辘辘的叫声："嗷呜！嗷呜！"

"我看你还是赶紧行动起来吧，"阿芬说，"这个烟月兔肯定是碰上大麻烦了，要不然，马厩怎么会辟出新围栏呢。"

奥吉望望沼泽。无双马厩里既安全，又暖和，留在这儿多好……他拿不定主意，万一迷路了回不来，怎么办？

“得想个办法，做好记号。”他说。用什么好呢？

奥吉看看四周，有了主意——精妙绝伦的、细细软软的主意。

他悄悄走到巨狼蛛身边——她正趴在网上打瞌睡。

“你疯啦？”阿芬轻声说，“千万别吵醒沉睡的巨狼蛛！”

“我只想向她借一点儿蛛丝。”奥吉**小心翼翼**地捏起巨狼蛛的蛛丝，系在了自己的腰上。

“你可要盯好这根蛛丝，”奥吉对阿芬说，“如果我拽它，就说明我需要你去帮忙。”

阿芬抱着胳膊：“哼，不行。你最好当心点儿，敢拽它，你就完蛋了！”

奥吉觉得那个烟月兔肯定就在黑漆漆的沼泽里，马屁显然希望自己去救他。

他背起背包，深吸一口气：“走啦！”

然后跨过了围栏门。

6

转瞬之间，奥吉已经站在沼泽中了。黑漆漆、烂乎乎的泥巴踩在脚下咕叽咕叽响，让他分不清哪儿是水洼，哪儿是地面。

他看见树丛中闪过一束光亮。

还有个声音喊着：“在那儿！别让它溜了！”

奥吉拔脚要走，这时——

咻——

“想抓我就来试试呀！”那光束大呼小叫地一晃而过，身后只留下一缕淡淡的轻烟。

灌木丛中冲出一群猎犬，它们**咆哮着往前冲，想咬住**那长尾巴。

“噢！”那光束咯咯笑道，“有点儿痒痒！”

奥吉连忙打开背包，想找个什么东西引开猎犬。

他把手伸进万象号角，掏啊，掏啊——

一根骨头！

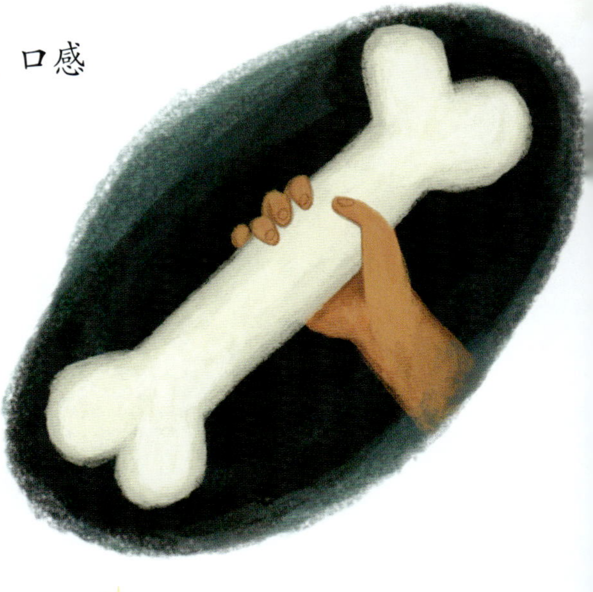

最香、最诱人、口感最棒的骨头！

猎犬停了下来，盯上了奥吉手里的骨头——

“给！”奥吉一使劲儿，把骨头扔得远远的。

饥饿的猎犬调转方向，吠叫着涌向美味大餐。

“这能让它们忙一会儿了。”奥吉说。

可他转身一看，刚才的光束已经不见了。

奥吉左看看，右看看，光束无影无踪，遍寻不着。

她藏到哪儿去了？

“出来吧，快出来呀，”奥吉用最温和的声音说道，“我不会伤害你的。”

雾气中亮起了微光。奥吉看见了一对长长的耳朵、一双忽闪忽闪的大眼睛。“嘿，找不着！”她一边叫，一边飘飘摇摇地打着旋儿。

奥吉仔细凝视着，只见这小家伙的身体笼在月光里，不停地变来变去，仿佛一团轻烟。

他问：“你就是烟月兔？”

“对呀！我叫薇拉！”她的声音好似微风吹过树梢，“你也是来玩捉迷藏的吗？”

奥吉想起了刚才的危急一幕：“呃，那些猎犬也是来玩儿的？你确定吗？”

“我觉得是呀。”薇拉挠挠耳朵，“我今晚才出生，绕着大树飘了一会儿，就听见吵吵嚷嚷的，几个人带着小狗来追我了。可他们才追不上呢！我**机灵**着呢！”

“听起来那些人是猎人。”奥吉说。猎人和护生者正相反。烟月兔亮晶晶的，即使是在厚重的雾里，也不容易掩盖踪迹。奥吉压低声音说：“有个秘密的地方，谁也发现不了，你愿意跟我到那儿去吗？”

薇拉的脸亮了起来：“像捉迷藏一样？”

“差不多吧。”奥吉说。他抓住那根银晃晃的巨狼蛛丝，准备顺着它原路返回。他们得赶在猎人追过来之前回到马厩。“跟我来！”

突然，一个粗声粗气的声音喊道：“动手！”

浓雾中冒出一张大网，把他俩兜头罩住了！

7

树丛中冒出三个人影。

他们都穿着长袍，长袍正面有个奇怪的标志。其中一人说道：“看来，烟月兔还有个朋友啊！”

“你们总算找过来了！”薇拉说，“也太久啦！”

“哎，你，别碰烟月兔，”另一个猎人对奥吉说，“它是我们的！”

奥吉大声抗议："烟月兔不属于任何人！"

奥吉着急地想着脱困的办法。他真希望身边有个帮手，要是阿芬在就好了。

猎人们走近了。"几十年来，这还是第一次碰见烟月兔呢。我们可不想让给别人！"第三个猎人从包里掏出一只金属项圈，项圈上面还缀着个小铃铛。

薇拉被扣在网里，还不老实地飘来飘去：“噢！真好看！”

猎人把项圈套在了她的脖子上。薇拉大笑道：“你以为这东西能锁住我？”

她想缩起身子溜走，可是没能成功。她又是抓又是拽，可是项圈纹丝不动。

“好烫！”她呜呜咽咽地说。

“你们干了什么？”奥吉质问道。

“项圈是**铁的，**”第一个猎人说，“专门对付奇异动物。只要烟月兔戴着这个项圈，她就再也跑不了了。”

薇拉睁大了眼睛：“你是说，我永远都得被这么锁着了？”

这下轮到三个猎人大笑了：“**永远**？运气好的话，你还能看看今天的日出！”

月亮升起，照着无双马厩。

阿芬坐在一捆干草上，正撕着胳膊肘上的干树皮发呆。

“朋友！朋友！”阿芬咕哝道，“那孩子想什么呢？我不过是根会说话的树枝，才不需要朋友呢！”阿芬在无双马厩里住了很久很久了，护生员们来了又去，他都知道。

既然终有一走，就别太走心啦。

阿芬打量着烟月兔的围栏，那根巨狼蛛丝银闪闪的——哎？它是不是动了？微微地抽动了一小下？

“我可绝不会到泥泞的沼泽里去冒险。”也不知阿芬是在跟谁说话。也许，是巨狼蛛吧。

阿芬往围栏里面看了看。刚才还能听见人的喊叫声和猎犬的咆哮声呢，现在却一片寂静，什么声音都没了。

该不会，出事了吧……

9

奥吉还在沼泽地里。

他和薇拉已经被困住好几个小时了。他又冷又累又害怕。

“可我根本不知道什么宝藏的事儿啊！”薇拉嚷嚷了几百遍，“我今晚才出生呀！”她疲惫不堪，声音微弱。

“别想糊弄我们！”猎人举起一本古老的书，书的封面上有好几个问号，“烟月兔知道藏宝地在哪儿，这是尽人皆知的。快点儿，别拖了！”

“她不知道！”奥吉挣扎着，想甩开大网，“你们这是白费工夫！”

“哼，反正**我们**不怕浪费时间。”高个子猎人指了指天空，“看，月亮快要落下去了。你知道太阳升起后，烟月兔会怎么样吗？会化作轻烟，彻底消散！”他指着薇拉脖子上的项圈说，“告诉我们宝藏在哪儿，我们就放了你。不然，再耗下去，你可就赶不及跟着月亮一起离开了。”

奥吉不知道这些话是真是假，但他知道，必须得赶紧想办法脱身。他需要帮助——越快越好！

有什么办法能挣脱大网呢？他伸着脖子找啊，找啊。

没有能用上的东西。

他望着四周的沼泽，有了**主意**——大大的、毛茸茸的主意！

10

奥吉深吸一口气，放开嗓门儿喊了起来：

“可别告诉他们，薇拉！不管他们怎么说，都不能提‘巨富之丝’的事！”

“你说什么？”猎人们问。

“你说什么？”薇拉也问。

“你们尽管放马过来吧！”奥吉嚷嚷道，“她绝不会告诉你们，**银色的巨富之丝**连接着藏宝地！”

三个猎人都围了过来。

第一个猎人双臂环抱："查查书里怎么说！"

第二个猎人翻着书页："书里没提到什么银丝啊。"

"嘿，瞧呀！"第三个猎人拈起了巨狼蛛的蛛丝，"这儿有一根银丝！"

奥吉故意做出惊恐的模样："求求你们，怎么都行，可千万**别拽这根银丝**！"

三个猎人抓住蛛丝，**用力一拽。**

奥吉听见黑暗中响起了幽幽的、尖利的、骇人的声音。

“听起来不像宝藏的动静。”一个猎人说。

“要不，再用力些试试？”另一个猎人说。

“或许，咱们应该——”

怒气冲冲的巨狼蛛从树丛里冲了出来，后面还跟着阿芬。“我不是提醒过你了吗？”他叫道，“千万别吵醒沉睡的巨狼蛛！”

咯噜噜！

猎人们的眼睛瞪得像樱桃派："完了，咱们的网不够大！"

接下来的场面太过可怕，细节就省略了吧。

趁巨狼蛛追赶三个猎人，阿芬帮助奥吉挣脱了大网。"你还是来救我了！"奥吉说，"我**早就知道**，你一直拿我当朋友！"

"呃，才不是呢。我只是不愿意惹麻烦。要是无双马厩的护生员丢了，糕教授就该责备我了。"

不管阿芬怎么口是心非，奥吉心里都清楚着呢。

阿芬看了看薇拉，只见她缩在草地上，瑟瑟发抖："啊，这就是烟月兔？真的是很像……一缕烟啊……"

“她的颜色越来越淡了，”奥吉说，“咱们得在日出前带她离开这儿。”

“救命啊！”一个猎人尖叫着。巨狼蛛正把他往嘴里送。

奥吉连忙站出来。“巨狼蛛，”他很严肃地说，“可不能吃人呀。”

吱呃……咕？

“哪怕是坏人，也不能吃。”奥吉说，“把他放了吧，好吗？回家之后你想吃多少燕麦饼干，我都答应。”

巨狼蛛一听，所有眼睛都瞪得圆溜溜的。她把猎人往沼泽里一扔，就冲回了马厩。

11

盘小姐正在马厩里等着他们。

“哎呀，好玩儿的事我没赶上。”她说。

奥吉把薇拉放在地上。“欢迎入住无双马厩，”他说，“这儿是你的新家。”

另一边的沼泽消失了。薇拉的围栏变回了普普通通的模样。

“这儿都是我的呀？”薇拉的声音颤抖着，很微弱，“我很喜欢。”

盘小姐帮忙把巨狼蛛送回了她的围栏。

“幸好你安然无恙地回来了。”盘小姐看看薇拉，只见她全身苍白，仿佛一团薄雾，“希望还来得及呀。”

薇拉努力地想抬起脑袋：“啊……好冷啊……”

奥吉望向马厩的大门外。月亮正快速向地平线下沉。再过一会儿，它就要完全落下去了。“追她的那些猎人说，月亮消失，她也会跟着一起消失……真是这样吗？”

“这话恐怕不假，”盘小姐走过来说，“烟月兔是月精灵，他们注定只能活一个晚上。”

“可，可是……我才刚有了新家……”薇拉说。

“一定有办法！”要是能留住月亮就好了。

奥吉望向小岛的另一边，有了主意——拔地参天、晃晃悠悠的主意！

12

盘小姐做的长梯子，挂在月牙上，在夜空中飘来荡去。“下次再让我帮忙，”阿芬说，“可要提醒我说‘不’！”

“别动！马上就好了！”奥吉削掉了一小片月亮，把它装进了口袋里。

“快点儿呀！”盘小姐在地上喊道，“她就要撑不住了！”

奥吉一松手，

滑呀……

滑呀……

滑下了梯子。

盘小姐陪着薇拉，在草地上等着。烟月兔几乎变成透明的了，奥吉差点儿看不见她。

“给！”奥吉把那一小片月亮递给她，“快吃掉！”

薇拉虚弱得说不出话，张开嘴巴，把月亮吞了下去。

薇拉飘到半空，打着旋儿，轻巧地窜来窜去：“想抓我就来试试呀！”

“你怎么这样没礼貌，”阿芬嘟哝道，“连句‘谢谢’也不说呀。”

“你们俩可真棒！”盘小姐说，“那一点点月光，足够让她健健康康地玩儿上几年了。糕教授一定会为你们骄傲的。”

奥吉看着薇拉在草地上撒欢儿，问道：“难道，糕教授早就预料到咱们要用梯子？”

盘小姐耸耸肩：“他什么也没说。反正用到梯子的地方多着呢，今晚只是刚好靠它解了燃眉之急。”

薇拉安全了，自由了，可那个项圈，还套在她的脖子上呢。

“盘小姐，追赶薇拉的那些人很了解奇异动物，他们的斗篷上有个标志。”奥吉在地上画了出来，“瞧，就是这样的，像一座小小的塔楼。”

盘小姐的脸色很凝重。“这是黑鸦堡啊。”她重重地叹了一口气——任谁听了都会不自觉地一起叹气，“有些人也像糕教授一样，热衷于收集独一无二的东西。但这些人没安好心，只想利用奇异动物，达到自己的邪恶目的。”她蹭掉地上的画，“黑鸦党是我们的宿敌，我很早以前就听说过了。要是他们卷土重来，你的马厩可就更加重要了。”

奥吉想象着可能出现的一幕：世界上所有的奇异动物都惊恐地四散逃跑……“黑鸦党会囚禁他们吗？”

盘小姐把手搭在他的肩膀上：“有咱们在呢，不会的。”

烟月兔薇拉跳到奥吉面前，项圈上的铃铛清脆地响着：“一起玩儿捉迷藏吧！我先藏！”

她嗖的一下冲过草地，身后只留下一缕淡蓝色的轻烟。

“她一直这样吗？”阿芬问。

奥吉笑了：“但愿吧。”

13

在世界的最高处，有一座小岛。

在小岛的正中央，住着个男孩。

男孩名叫奥吉。

还有一根幻形树枝，名叫阿芬，

还有一只烟月兔，叫作薇拉。

他们都是好朋友！

作者简介

乔纳森·奥克西尔，广受好评的童书作家，《纽约时报》畅销书作家，著有《快手彼得与神眼》（*Peter Nimble and His Fantastic Eyes*）、《暗夜园丁》（*The Night Gardener*）、《苏菲·奎尔与最后的故事守护人》（*Sophie Quire and the Last Storyguard*）、《大扫除：小女孩与小怪兽》（*Sweep: The Story of a Girl and Her Monster*）。乔纳森与家人定居于美国宾夕法尼亚州匹兹堡市。

绘者简介

奥尔加·德米多娃，毕业于俄罗斯莫斯科应用艺术学院，毕业后曾任动画师，但对插画的巨大热情改变了她的职业方向。目前她与世界各地的出版机构合作，为面向儿童的书籍和应用程序配图。

世界最高处的小岛 2

叽叽喳喳的长舌尾

世界最高处的小岛 2

叽叽喳喳的长舌尾

[加拿大] 乔纳森·奥克西尔 / 著

[俄罗斯] 奥尔加·德米多娃 / 绘

吴华 / 译

中信出版集团 | 北京

图书在版编目（CIP）数据

叽叽喳喳的长舌尾 /（加）乔纳森 · 奥克西尔著；（俄罗斯）奥尔加 · 德米多娃绘；吴华译 . -- 北京：中信出版社，2023.4（2024.3 重印）
（世界最高处的小岛；2）
ISBN 978-7-5217-4862-8

Ⅰ . ①叽… Ⅱ . ①乔… ②奥… ③吴… Ⅲ . ①儿童故事 - 加拿大 - 现代 Ⅳ . ① I711.85

中国版本图书馆 CIP 数据核字（2022）第 196933 号

叽叽喳喳的长舌尾
（世界最高处的小岛 2）

著　　者：[加拿大] 乔纳森 · 奥克西尔
绘　　者：[俄罗斯] 奥尔加 · 德米多娃
译　　者：吴华
出版发行：中信出版集团股份有限公司
（北京市朝阳区东三环北路 27 号嘉铭中心　邮编　100020）
承 印 者：北京盛通印刷股份有限公司

开　　本：880mm × 1230mm　1/32　　印　　张：9　　字　　数：240千字
版　　次：2023年4月第1版　　印　　次：2024年3月第4次印刷
京权图字：01-2022-4191
书　　号：ISBN 978-7-5217-4862-8
定　　价：68.00元（全3册）

出　　品：中信儿童书店
图书策划：如果童书　　策划编辑：王玫
责任编辑：曹威　　营　　销：中信童书营销中心
封面设计：刘潇然　　内文排版：杨兴艳

服务热线：400-600-8099
投稿邮箱：author@citicpub.com

送给佩内洛普、

玛蒂尔达和黑兹尔。

爱欢腾，性纯稚，天然之趣人未识。

留时光，求深意，欢愉所贵皆不知。

——[英]刘易斯·卡罗尔

《幻景和其他的诗歌》

(*Phantasmagoria and Other Poems*)

1

在世界的最高处，有一座小岛。

在小岛的正中央，住着个男孩。

男孩名叫奥吉，和其他男孩没什么两样。只有一处不同，那就是，他有一份工作。

奥吉在无双马厩里上班，住在那里的，都是世界上独一无二的奇异动物。

奥吉很喜欢自己的工作。不过今天嘛，今天有点儿麻烦事。

奥吉在照顾冷面笨笨虫。

这项工作非常棘手，因为奥吉根本不知道冷面笨笨虫想要什么。她没有眼睛，没有耳朵，没有嘴巴，没有鼻子……呃，按理说，脑袋总该有吧，但奥吉也不太确定。

烟月兔薇拉飘了过来：“有什么好玩儿的呀？”

奥吉叹了口气：“只有麻烦事。”

奥吉一屁股坐在地上："我给她唱歌，喂她食物，带她散步……可她什么反应都没有。"

"她是不是想挠痒痒玩儿？"薇拉就喜欢跟人打闹着挠痒痒。

奥吉举起阿芬，在冷面笨笨虫面前晃了晃："或许，她想玩儿'你扔我捡'？"

阿芬从他手里挣脱开："或许，她只是想自己待会儿。咱们这儿**有些人**喜欢独处，你懂吧。"

这话说得很不客气。可是，你还指望幻形树枝怎么样呢？

银行

2

与此同时，一个遥远的村庄里——叮当叮当，钟声大作。

这是警钟的声音。

警钟挂在银行里。

银行的前门大开着。

两个盗贼匆匆穿过大厅。他们身穿深色外衣，头戴厚兜帽，手里拎着撬锁的工具，肩上扛着装赃物的麻袋。他们按照计划，一步步实施起来。

银行的地下室里有一个金库，金库里藏着独

一无二的宝贝。小偷们溜进金库，迅速把宝贝塞进了麻袋。

怎么没有警卫来阻止他们呢？

这可是个好问题。

3

奥吉爬上屋顶，给机敏蜂打扫蜂巢。

他还惦记着冷面笨笨虫：“如果对方什么都不想要，该怎么帮她呢？”

薇拉扬着爪子，想抓机敏蜂。“或许阿芬说得对，”她说，“或许她就是想自己待着。”

“我说的当然没错！”阿芬一边在蜂巢里忙活，一边嚷嚷。

奥吉擦掉手上的蜂蜡。“我可不想就这么放弃。”他说。

奥吉来到小岛时曾许下承诺，要好好照顾无双马厩里的所有动物——哪怕是不那么可爱的动物。比如机敏蜂，虽然他们可能会蜇他，他还是任劳任怨。“我的工作就是满足动物们的一切需要。”

“我想到了！”薇拉说，“咱们去问问糕教授吧！”

糕教授是这座小岛的主人。他年纪很大，头脑很灵，当然，也非常忙碌。

“我知道打扰教授不太好，”奥吉说，“但这次实在——”

砰！

他们脚下的马厩突然摇晃起来，颤颤悠悠，晃晃荡荡，噼里啪啦，乒里乓啷。

片刻之后，四周安静下来。

奥吉爬起来，和薇拉面面相觑。

“新动物要来啦！”他们异口同声地喊道。

4

有时候，为了迎接新入住的奇异动物，马厩会改变布局，腾出地方。

剧烈的摇晃之后，马厩里会冒出一间空的围栏，围栏通向外面。至于到底是哪里，那就大千世界皆有可能了。而奥吉的任务就是找到新动物，然后帮他脱险。

“比赛看谁先到！”奥吉叫道。

“我赢啦！”薇拉已经冲下两层楼了。

“下次我肯定能追上你！”奥吉上气不接下气地说。他抓住绳子往下滑，落在她身旁。

果然，在冷面笨笨虫的围栏隔壁，冒出了一间新围栏。

奥吉看了看上面挂着的牌子：

“长舌尾？”薇拉皱着鼻子说，“听起来不怎么招人喜欢呀。”

奥吉挽起袖子：“不管听起来如何，咱们的工作就是帮他。”

“啊？你说什么？”阿芬拍拍脑袋，“我的耳朵被蜂蜡堵住了！”

“你竟然有耳朵？”薇拉问。

奥吉走到门前，若有所思：“得先准备准备，不能慌慌张张就冲上去。”

“啊？你说什么？不能**浑身光光**就冲上去？”阿芬打岔。

奥吉朝着围栏那边的世界张望。等着他们的，会是什么样的危险呢？“咱们需要一盏提灯、几捆绳子、一个袋子、一张地图，还有我的野外记录本，还有——”

薇拉不等他说完就跳了过去：“最后到的是臭鸡蛋！”

“等等啊！”奥吉叫道。

但薇拉已经跑远了。

奥吉一把抱起阿芬：“看来我所有的装备就是你这幻形树枝了。”但愿够用！

“走啦！”

他跨过了围栏门。

虹极村
欢迎
你

5

转瞬之间，奥吉和朋友们来到了一座村庄，入口处挂着一个牌子，上面写着：虹极村欢迎你！

大街小巷空荡荡的。各家门廊空荡荡的。商店铺子也空荡荡的。

奥吉打了个寒战：“这个村子好像没有人住呀。”

“需要救护？”阿芬从耳朵里掏出一团蜂蜡说，“你受伤了？”

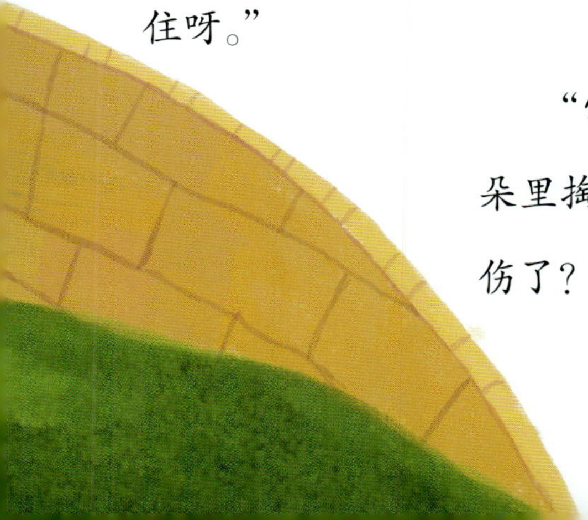

薇拉的耳朵竖了起来。

“有人躲在附近……我能感觉到！”捉迷藏时，薇拉总能很快找到藏的人，“你在哪儿？快出来！快出来！”

“在这儿！”有人瓮声瓮气地应道，“在小巷里！”

奥吉看见一个女人躲在角落里偷偷张望。她好像很紧张，很疲惫。

“呃，你们好，”她干巴巴地笑了笑，“我……我刚才没看见你们。”

一张毛茸茸的脸突然钻出来，凑近了她。“她撒谎，”那张脸说，“她在跟踪你们呢！”

女人磨磨蹭蹭地从小巷里走了出来。“好吧，我承认。我还以为你们也是盗贼呢。”她伸出手说，“我是村长克洛弗。”

那张毛茸茸的脸贴着她的肩膀说：**“我要是你们，就不会跟她握手，因为她刚刚才挖过鼻孔。”**

“我没有！”克洛弗村长说。

“你们要是不信，尽管看看她的手指好了。”

奥吉打量着这个会说话的小东西。他毛茸茸的，长长的，形状就像一条——**尾巴**。“你们好，我是奥吉，正在寻找一种独一无二的动物，名叫长舌尾。”

克洛弗村长叹了口气：“噢，那你已经找到了。不过，现在他可不是独一无二的了。”她提高声调喊道，“出来吧！大家都出来吧！”

几十位村民慢吞吞地从各自的藏身之所走了出来。

人人都拖着一条大尾巴！

请勿偷看

6

薇拉一拍爪子：“原来这次不是要救谁……是要开联欢会！”

奥吉可不这么想，因为大家都像村长一样，愁眉苦脸的。“这是怎么回事啊？”他问。

于是，克洛弗村长讲起了“**尾巴灾难**”：“我看见广场上有个箱子，呃，那个箱子不是寄给我的，但我太好奇了，就撬开了盖子……”

“奇怪的是，箱子里什么都没有。这时我一转身，竟然发现有个怪模怪样的东西粘在我身上了。一开始，我还觉得有条尾巴也不错，可慢慢地，越来越不对劲了……这条尾巴会说话啊！

“每次我做了错事，哪怕只是一点点失误，尾巴也要嚷嚷得尽人皆知。

“陷入麻烦的不止我一个。这条尾巴似乎可以复制自己。很快，村子里的所有人都有了尾巴。

“这么多尾巴，叽叽喳喳，搬弄是非，吵得大家都顾不上盗贼，让他们逃走了！”克洛弗村长摇头苦叹，“我们摆脱不了尾巴，这日子过得太难受了。”

银行

7

克洛弗村长领着他们来到广场尽头，那里竖着一座塔楼。“一切都是从这儿开始的。”她说。

奥吉听见塔楼里面传出**叮当叮当**的声音。“这是警钟的声音吗？”他问。

阿芬又打岔道：“什么东西在呻吟啊？”

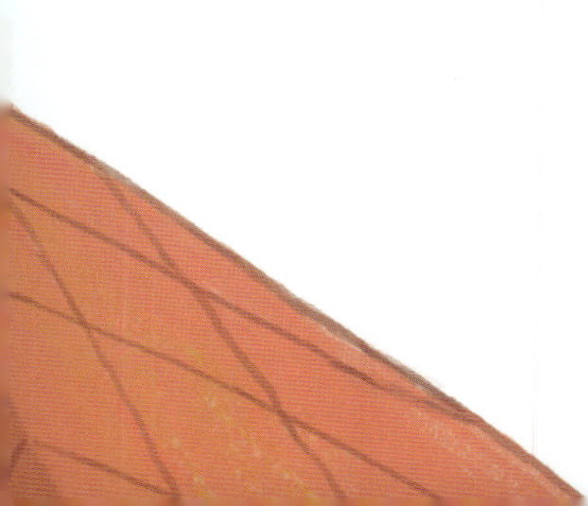

“传说中的无极宝罐就藏在我们虹极村。”克洛弗村长说，“从罐子里取出一枚金币，里面会再出现两枚金币，财富不减反增。宝罐放在银行里，由两名警卫日夜守护——”

“现在可没得守啦！”又有一条长舌尾说话了。

两名身穿制服的警卫摇了摇头。他们身后也各有一条尾巴。

“都怪我们！”一名警卫说，“我们只顾着吵架，盗贼溜进去也没看见。现在，宝罐丢了！”

“**捣蛋**？”阿芬又听错了，“真粗鲁！”

阿芬一直打岔，真耽误事。“你耳朵里塞着蜂蜡可不好，”奥吉说他，“怎么不清理干净呢？”

阿芬茫然地看看奥吉：“既然如此，那好吧。”他耸耸肩，走开了。

奥吉转向村长说："我没法儿帮你抓盗贼，但可以带走这些长舌尾。"

"没错！"薇拉自豪地转了个圈，"我们的工作就是搭救那些身陷危险、独一无二的动物！"

"可是他们没有危险啊，"村长说，"我们才是倒霉蛋呢。"

奥吉不想争论：“反正，第一步就是让他们离开你们的身体。”怎样才能把这些长舌尾引开呢？他望着四周的几家商店，有了主意——诱人的、美味的主意！

8

奥吉跑进烘焙店，取来满满一大盘点心，百吉饼、布朗尼、曲奇饼干、小蛋糕，应有尽有。“来呀，来呀，来吃点心吧！各式各样的点心哟！”

尾巴们望着香喷喷的点心，张大了嘴巴，然后……聊起八卦来了！

快把奶酪蛋糕藏起来，
村长吃这个会放屁！
别给贺拉斯！
他都吃了双份早餐了！

奥吉还没反应过来，村子里已经吵成一锅粥了。“看来长舌尾对好吃的不感兴趣。”他说。

奥吉和薇拉试了各种办法，想让长舌尾自愿离开人们的身体——

吓唬！

挠痒痒！

使劲儿拽！

又哄又骗！

可都没成功！

“这可怎么办哪！”奥吉沮丧地往地上一坐。

“哎哟！”屁股底下突然有个声音冒了出来，“压着我了！”

奥吉连忙跳起来一看，眼睛立马瞪得溜圆。

一条新的长舌尾粘在了**他**的身体上。

9

奥吉为新尾巴烦恼时，阿芬正在虹极村闲逛。他有点儿困惑。

奥吉让他把耳朵“清理干净”，可他听到的，却岔出了十万八千里。

“清理**干金**，”他咕哝道，“这是什么意思啊？”

这时，他突然瞥见了一样东西。

小小的。

圆圆的。

金灿灿的。

“我明白啦！”他捡起金币，把它扔进了垃圾桶。

没走几步，他又发现一枚金币。接着又是一枚。接着是第四枚、第五枚……

“我干得很不错吧！”他一边自言自语，一边把金币都扔进了垃圾桶，“要是不清理，绊着了别人，那就糟了。”

阿芬一边捡，一边走，不知不觉穿过了整个村子：“到底是谁掉了这么多金币呀？”

他很快就找到了答案——

啊!

啊！
啊！

银行

10

阿芬迎面撞上的，正是那些盗贼！他们躲在一间空校舍里，身上穿着深色斗篷，斗篷前面有个奇怪的标志。原来，他们不是普通的盗贼，而是黑鸦党！

黑鸦党是一伙儿行事机密的坏蛋，专门偷盗各种独一无二的东西，以达到自己的邪恶目的。他们之前还想抓薇拉呢，现在又盯上了无极宝罐！

“快来呀！”阿芬大喊起来，“黑鸦党在这儿呀！”

第一个盗贼举起一把亮晶晶的粉末。

“闭嘴！”她说，“不然我就要用仙粉诅咒你了！”

第二个盗贼举起一把锋利的剪刀：“我要用神剪把你剪烂！”

阿芬吓坏了，但他突然发现了什么。

“嘿，”他说，“你们俩也有尾巴呀！”

第一个盗贼的尾巴开口了：“**说真的，那玩意儿可不是仙粉，只是普通的亮粉。**”

第二个盗贼的尾巴接腔道：“**这也不是神剪，只能剪剪纸片。**”

阿芬听不清他们的话，但他有一个最想问的问题："你们怎么躲在这儿？不是早就该溜之大吉了吗？"

第一个盗贼揉着太阳穴说："我们本来打算利用长舌尾引开人们的注意力，好去银行里洗劫一通。可没想到，我们逃跑时也被长舌尾粘上了。我们只好躲在这儿，免得他们乱说话，被别人听到，坏了好事。"

"我们已经在这儿待了一夜了，"第二个盗贼说，"每次想往外溜，长舌尾就大嚷大叫。"他说着说着，都要哭了，"我想回家……"

“你想**挨掐**？”阿芬听不清楚，闹不明白，“反正，我得赶紧离开这儿。”

黑鸦党拦住了他：“你要是出去了，我们的藏身之处就暴露了，”他们环抱着胳膊说道，“别想走，除非能打赢我们！”

阿芬虽然听不清，可这架势，他看也看明白了：“放马过来吧！”

你还记得吧，阿芬是幻形树枝，能随心所欲地变成各种形状的工具。

他伸展枝条，变成了一把又大又沉的锤子。

银行

11

广场上，奥吉仍然一筹莫展。所有能想到的办法，他都试过了，可就是拿长舌尾没辙。

奥吉吸吸鼻子：“要是糕教授知道我失败了，会怎么说呢？”

奥吉身后的长舌尾立刻来了精神：“大家快看呀！奥吉要哭啦！”

“我才没有！”奥吉眨了眨眼睛。

薇拉追着新冒出来的长舌尾，一不小心绊了一跤：“哎呀，两条尾巴，害得我站不稳！”

奥吉站起来说：“肯定有办法，只是我还没想到。”他承诺过要照顾好无双马厩的所有动物，再不招人喜欢的动物也不例外。他不会放弃的。

奥吉环视广场。怎样才能把长舌尾送回箱子里去呢？

这时，他听见街巷的一头传来叮叮当当的声音。

阿芬抱着一大罐金币走了过来。

“你找到无极宝罐了！”克洛弗村长叫道，“虹极村有救了！”

阿芬听不懂她的话。“我只是在清理金币呀，女士！”他说。

“那些窃贼呢？”奥吉一字一句说得清清楚楚，免得阿芬再打岔。

“也清理完了……你懂我的意思吧！”阿芬讲了来龙去脉——黑鸦党想把他关起来，但他把那些坏蛋揍晕了。“那两个家伙一晕过去，尾巴就跑掉了。”

果然，有两条长舌尾正在街上溜达。奥吉看见他们大摇大摆地爬进敞着盖儿的箱子，缩成了一团。“看来，他们不喜欢晕过去的人呀。”奥吉说。

“有办法了！”克洛弗村长打了个响指，“就让这根会说话的树枝把我们全打晕吧！”

“等等！”奥吉看了看阿芬，又看了看箱子，“村子里人人都粘上了长舌尾，怎么唯独阿芬没有呢？”

薇拉一把搂住阿芬说：“肯定是因为阿芬心地善良！”

“其实是因为没意思啦！”箱子里的长舌尾说道。

“对呀，”另一条长舌尾说，“我们说的话，他都听不见！”

“真的？”奥吉问阿芬，“他们放过你，是因为你听不见？”

“我哪知道！”阿芬从耳朵里挖出一团蜂蜡，丢在地上。

奥吉看了看阿芬的枝杈，那上面糊着一块块黏黏的蜂蜡。

他有了主意——闹嗡嗡的、超级棒的主意！

12

奥吉让大家排好队，然后从阿芬的枝杈上取下蜂蜡，分给他们。

“别管尾巴说什么，拿好蜂蜡，”奥吉大声说，“然后把它塞到耳朵里！塞紧点儿！”

奥吉身后的那条长舌尾嘀嘀咕咕地抱怨，说这太恶心啦。可奥吉只管往耳朵里塞蜂蜡，什么也没听见。

“别挤！别插队！”薇拉说，“蜂蜡多着呢，人人都有份！”

确实多着呢。真不知道阿芬的耳朵里怎么会有这么多蜂蜡。

一个个村民都塞住了耳朵，一条条长舌尾也失去了兴致。

奥吉的那条长舌尾也脱落了。“起作用了！”他叫道。他看见那条长舌尾匆匆穿过广场，钻进了箱子里。

“再见！”薇拉对溜走的长舌尾说。

终于，最后一条长舌尾也进了箱子。克洛弗村长长叹了一口气：“谢天谢地，终于清静了！”所有人都欢呼起来。

奥吉凑近敞着盖儿的大箱子。他发现里面只有一条长舌尾，其他的都不见了。“这就好办了。”他说。

“这下他们满意了……”长舌尾望着奥吉身后咕哝道。

奥吉转过身，看见一大群气势汹汹的村民涌了过来。克洛弗村长叫着：“快呀！别让他跑了！把箱子锁上，丢到湖里去！”

奥吉拦住了他们。“不准上锁，”他说，“不能这样对待动物。我的工作就是照顾好所有的奇异动物，不管他们有多不招人喜欢。”

奥吉还从没跟谁这样说过话，更何况对方都是大人。希望他们不要觉得他没礼貌。

克洛弗村长看着他，思考了好久。“给你们一分钟离开虹极村，”她指着钟说道，“不然你们也得湖里见！”

奥吉得尽快把长舌尾转移到安全的地方去。不过他知道，有的动物吃软不吃硬。他问长舌尾：“你叫什么名字？”

长舌尾气哼哼地说：“努亚。”

奥吉用最温柔的声音——就是他用来对付那些脾气暴躁的动物的声音——缓缓说道：“努亚，你好呀。我是奥吉。这是薇拉和阿芬，他们都是我的朋友。”

“是最好的朋友！”薇拉嚷嚷道。

“不，不，不是朋友，”阿芬说，“之前不是谈过了吗？”

奥吉说："跟我们回无双马厩吧。那里很安全，没有箱子，没有盗贼，也没有人会打扰你。"

"那儿还有好多好多蜂蜡呢，"阿芬插嘴道，"恶作剧也没戏了哟。"

"但你不能再复制出好多条尾巴了，"奥吉说，"因为我们只能给你一个房间。"

"也不能多嘴多舌了吗？"努亚皱着眉头说，"那，住在马厩里也不会快乐呀。不能嚼舌头，我就不是长舌尾了……"

奥吉仔细地想了想。努亚说得有道理。可是，在无双马厩里，有谁愿意多一条长舌尾呢？

嘿，他有主意了——一个看似奇怪，但很体贴的主意！

13

“当心！”奥吉说，“可别吓着她！”

“你又不知道她怎么想的。”阿芬说。

奥吉小心翼翼地把长舌尾放在了冷面笨笨虫的背后——呃，应该是背后吧——然后退开几步，静静等待。

“行了吗？”薇拉问，“感觉怎么样？”

长舌尾努亚眨眨眼睛。“嗯……”他琢磨了一会儿，突然蓬起了长毛，“**我……我感觉到她的想法啦！**”

奥吉笑了。看来，许多问题迎刃而解了。“快跟我们说说，她想要什么呀？”

“**我听听，**”努亚歪着脑袋，好像真的在听似的，“**她想要……一扇窗户，想让微风吹进来。**”

“一扇窗户！”薇拉兴奋地大叫。

奥吉拍拍手：“窗户马上就有！”

“等等，别急，”努亚说，“**还有好多呢。**”

她想要一条毯子晚上盖！

还想洗个暖呼呼的燕麦浴！还要一块石头当宠物！

还要两双鞋子！还想听音乐！还要一个气球！

还要转轮——小仓鼠用的那种，但是要更大些！

还想要个酷酷的昵称，比如“象腿裤”！

还想上舞蹈课！还要……

长舌尾把冷面笨笨虫藏在心里的所有小愿望、小秘密都说了出来。清单太长，奥吉都记不住了。

“他们俩可真是最完美的拍档啊。”奥吉说。

“是最烦人的拍档吧。”阿芬咕哝道。

奥吉戳戳他：“你救了整个虹极村，还赶走了黑鸦党。虽然总说自己懒得帮忙，可你确实擅长助人。”

阿芬挤挤眼睛，抹抹脸蛋。“哎呀，真是的，”他小声说，“我的眼睛里怎么也有蜂蜡啦。”

14

在世界的最高处，有一座小岛。

在小岛的正中央，住着个男孩。

男孩名叫奥吉，照顾所有动物。

有的动物很怪。

有的动物危险。

有的动物不那么可爱。

但他们都把这儿当作家。

作者简介

乔纳森·奥克西尔，广受好评的童书作家，《纽约时报》畅销书作家，著有《快手彼得与神眼》（*Peter Nimble and His Fantastic Eyes*）、《暗夜园丁》（*The Night Gardener*）、《苏菲·奎尔与最后的故事守护人》（*Sophie Quire and the Last Storyguard*）、《大扫除：小女孩与小怪兽》（*Sweep: The Story of a Girl and Her Monster*）。乔纳森与家人定居于美国宾夕法尼亚州匹兹堡市。

绘者简介

奥尔加·德米多娃，毕业于俄罗斯莫斯科应用艺术学院，毕业后曾任动画师，但对插画的巨大热情改变了她的职业方向。目前她与世界各地的出版机构合作，为面向儿童的书籍和应用程序配图。

世界最高处的小岛 3

吞噬一切的言隐兽

世界最高处的小岛 3

吞噬一切的言隐兽

[加拿大] 乔纳森·奥克西尔/著

[俄罗斯]奥尔加·德米多娃/绘

吴华/译

中信出版集团 | 北京

图书在版编目（CIP）数据

吞噬一切的言隐兽 / (加) 乔纳森 · 奥克西尔著 ; (俄罗斯) 奥尔加 · 德米多娃绘 ; 吴华译 . -- 北京 : 中信出版社 , 2023.4（2024.3 重印）
（世界最高处的小岛 ; 3）
ISBN 978-7-5217-4862-8

Ⅰ . ①吞… Ⅱ . ①乔… ②奥… ③吴… Ⅲ . ①儿童故事 - 加拿大 - 现代 Ⅳ . ① I711.85

中国版本图书馆 CIP 数据核字（2022）第 196931 号

吞噬一切的言隐兽
（世界最高处的小岛 3）

著　　者：[加拿大] 乔纳森 · 奥克西尔
绘　　者：[俄罗斯] 奥尔加 · 德米多娃
译　　者：吴华
出版发行：中信出版集团股份有限公司
（北京市朝阳区东三环北路 27 号嘉铭中心　邮编　100020）
承 印 者：北京盛通印刷股份有限公司

开　　本：880mm × 1230mm　1/32　　印　　张：9　　字　　数：240千字
版　　次：2023年4月第1版　　印　　次：2024年3月第4次印刷
京权图字：01-2022-4191
书　　号：ISBN 978-7-5217-4862-8
定　　价：68.00元（全3册）

出　　品：中信儿童书店
图书策划：如果童书　　策划编辑：王玫
责任编辑：曹威　　营　　销：中信童书营销中心
封面设计：刘潇然　　内文排版：杨兴艳

服务热线：400-600-8099
投稿邮箱：author@citicpub.com

送给佩内洛普、

玛蒂尔达和黑兹尔。

续游谈，妙篇在，寻常百种本无染。

情脉脉，且陶陶，问罢千山任天真。

——［英］刘易斯·卡罗尔

《幻景和其他的诗歌》

（*Phantasmagoria and Other Poems*）

1

在世界的最高处，有一座小岛。

在小岛的正中央，住着男孩奥吉。

小岛上的居民，不止奥吉自己。这里还有他的朋友薇拉和阿芬。无双马厩里，还有奇异动物们等着他照顾。小岛的主人糕教授，总是神神秘秘的。岛上还有一位勤杂多面手，名叫盘小姐。

这就是奥吉的家。每一寸、每一方，他都深深爱着。

这一天，奥吉到极乐码头给盘小姐帮忙。糕教授让她造一艘船。

“糕教授要出海航行吗？”奥吉问。

“糕教授从不离开小岛。”盘小姐把一面拼接好的船帆展开，“再说，我觉得这艘船也不适合他。”

奥吉拎起阿芬擦洗甲板，心里琢磨着谁能坐这么小的船。“少蘸点儿肥皂水，小孩，”阿芬说，“肥皂泡让我直打嗝。”

奥吉的耳朵都红了：“我的名字不是‘小孩’。”他不喜欢阿芬这么叫他。

阿芬翻了个白眼："谁在乎这个？"

"我在乎呀！"奥吉不擦了，"自打我来到这座小岛，你就从没叫过我的名字。"

"你到底想说什么？"阿芬变回了幻形树枝的模样，"小孩，你要明白，要是你在无双马厩里的日子和我一样久，你就不会在乎什么名字不名字的啦。人们来了又去，没必要走心深交。"

他也不管奥吉怎么想，转身就跳上了岸。

2

当天晚上，奥吉肚子疼，睡不着。

他的脑海里翻来覆去地想着阿芬那句话：

人们来了又去，没必要走心深交。

奥吉有生以来最快乐的时光都是小岛给的。他的家在这里，他的朋友在这里，他的工作在这里——在无双马厩里。可是，如果这一切都不是永远的呢？

他知道，这儿以前有过别的护生员。他没想过他们为什么离开，又是怎么离开的。

是因为没干好工作吗？

所以糕教授把他们开除了？

奥吉照顾着无双马厩里的所有动物，尽心尽力，兢兢业业。但如果这样还不够好呢？

他想起了码头边的那艘小船——浮在水上，像是等着要送走什么人。

该不会是为他准备的吧？

3

奥吉挣扎着起床时，都快到中午了。

“瞧瞧是谁大驾光临啦！”阿芬说。

“对不起，”奥吉擦着眼屎说，“我昨天一夜没睡，光想着离开小岛的事儿了。”

阿芬看了他一眼，耸耸肩膀，阴阳怪气地说：“谁问你啦？谁在乎啊？”

饥肠辘辘的奇异动物们在各自的围栏里打着响鼻、砰砰跺脚、东闻西嗅、哼哼唧唧——奥吉来晚了，早饭也来晚了。

奥吉像往常那样唱起来：“大家伙，小家伙，快快出来，吃早饭！”他伸手去取万象号角……咦，万象号角呢？“哎呀，糟了，我肯定是把它落在树屋里了！”

“我去取！”烟月兔薇拉嗖的一下飘了出去。

阿芬跳来跳去地躲避着饥饿的蛇鲨：“你赶紧祈祷吧！那亮晶晶的兔子最好能快点儿，不然动物们可要造反了！”

无双马厩颤颤巍巍地摇晃起来。奥吉脚下的地面突然裂开了。

“哇啊啊啊——”

他一下坠下两层楼那么高，落地时水花四溅。

“我找到万象号角啦！”薇拉飘到奥吉身边，扶他站起来，“咦，无双马厩里还有池塘呀？”

“原来没有，现在有了。”奥吉把衬衫下摆拧干，“我猜，是新动物要来了。”

奥吉总是期待着新动物，因为那就意味着，又有独一无二的动物等着他照顾了。他抬头看了看挂在围栏上方的牌子：

奥吉慢悠悠地念道：“言——隐——兽？”

“听起来很傻！”薇拉说。

奥吉转身看着新围栏：“不管傻不傻，那家伙都需要咱们的帮助。”

水面上方出现了一个旋涡，仿佛一扇门，言隐兽就在“门”那边的某个地方。“雾气太重了，什么也看不见，”奥吉说，“它会通向哪里呢？”

阿芬跳到他面前："等一下，小孩，你还有一大群饿肚子的猛兽要喂呢！之前有个护生员没弄早餐，动物们冲出马厩四处狂奔，半个小岛都给毁了。糕教授亲自出马才收拾好烂摊子。"

奥吉想到糕教授就紧张得肚子疼。"那个护生员是因为这件事被开除的吗？"他问。

"这就别再提了。"阿芬说。

奥吉叹了口气。他不想让糕教授失望，他不能冒这个险："阿芬说得对，还是让新动物等一等吧，得先准备早餐。"

他伸手去拿万象号角，但薇拉却连连后退：“奥吉！新动物肯定遇上了大麻烦，否则马厩不会这样突然冒出新围栏的！你不记得了吗？当时，要不是你及时来救我，我就要被黑鸦党抓走了！现在等一等……可能就来不及了！”

“那也比小岛被毁好！”阿芬叉着胳膊，“你说怎么办吧，小孩？”

奥吉在中间看着他俩。

他陷入了两难——“饿急”两难。

4

奥吉深吸了一口气。

他很清楚自己该怎么做。

“马厩里的活儿没干好，是我的错，”他说，“但言隐兽不该因为我的错而遭罪。”他转向薇拉，请求道：“我不在的时候，你能替我做好马厩里的事吗？”

“我一定尽力。”薇拉说，“可是你一个人去能行吗？”

阿芬跳进了奥吉的背包：“怎么是一个人呢？还有我呢，我也去。”

奥吉看了看幻形树枝：“我以为你真的什么都不在乎呢，阿芬。”

“我确实不在乎啊，”阿芬抱着双臂说，“可要是你受了伤，糕教授就要怪我了。”

奥吉摇摇头说：“有人帮忙总比孤军奋战强。”他背好背包，转身望着那浓黑的雾气，“走啦！”

然后跨过了围栏门。

5

奥吉在黑暗中跌跌撞撞地走着。

他真希望薇拉也在，这样就能照亮前面的路了。走啊，走啊，雾气终于散开，露出一座巨大的石堡，石堡的形状似乎在哪儿见过。

奥吉仰面细瞧，心头突然掠过一丝寒意：“这个石堡，是不是有点儿像……”

阿芬点点头：“对。”

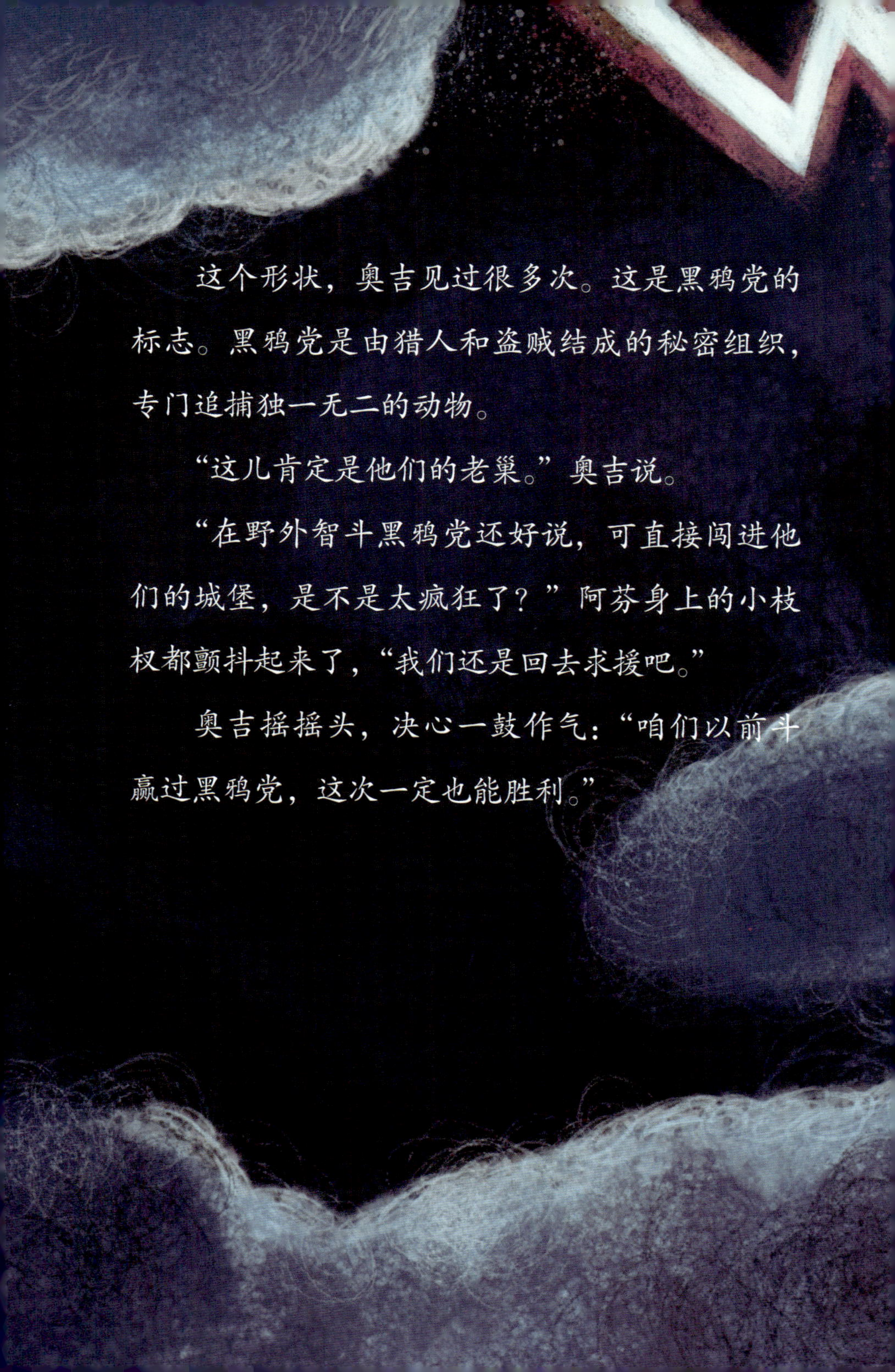

这个形状，奥吉见过很多次。这是黑鸦党的标志。黑鸦党是由猎人和盗贼结成的秘密组织，专门追捕独一无二的动物。

“这儿肯定是他们的老巢。”奥吉说。

“在野外智斗黑鸦党还好说，可直接闯进他们的城堡，是不是太疯狂了？”阿芬身上的小枝杈都颤抖起来了，“我们还是回去求援吧。”

奥吉摇摇头，决心一鼓作气：“咱们以前斗赢过黑鸦党，这次一定也能胜利。”

他们沿着台阶往上走。奥吉试着拉门。“锁着呢。”他说。怎样才能把门打开呢？

他看看四周，有了主意——细细的、硬硬的主意！

奥吉问阿芬："你能变成钥匙吗？"

"开锁可不在我的工作范畴之内。"

奥吉双臂环抱："你的工作就是协助我的工作。"

是啊，没错。他们俩都清楚着呢。

阿芬叹了口气，咔嚓咔嚓地活动着关节。"后退。"他的枝条弯曲、扭转，变成了一把大大的钥匙。"好疼啊，"他抱怨道，"你可快点儿啊，小孩。"

奥吉一把抓起阿芬。"我的名字是'奥吉'。"说着他把"钥匙"插进锁孔一转。

先是咔嗒一声！

接着叮当一声！

锁开了。

奥吉拉开大门，走了进去。

上
绝密
易碎

6

石堡里漆黑一片。石堡里寂静无声。石堡里乱七八糟。

“黑鸦党得学着收拾屋子啊，”阿芬说，“看来忘了干活儿的不止你一个。”

奥吉没理睬阿芬的揶揄。独一无二的种种珍奇物品叫他应接不暇：发光的盒子、魔毯、会唱歌的竖琴……“这儿一定是黑鸦党窝藏赃物的地方。”他说。

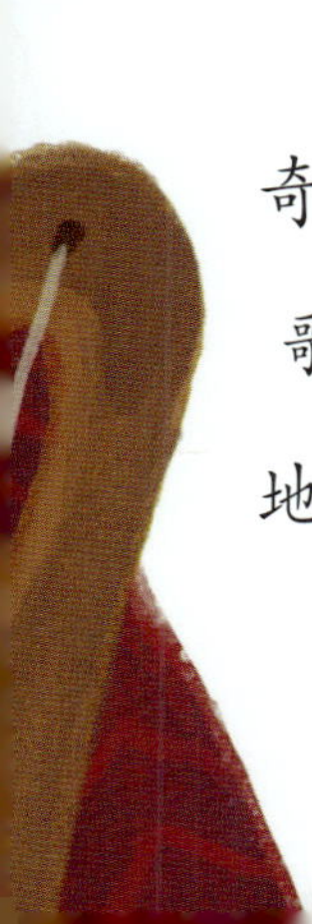

阿芬盯着地上的巨大脚印说："趁黑鸦党发现之前赶紧找到那家伙吧。"

奥吉听到书架后面传出抽鼻子的声音。

"好像有动静，"他对阿芬说，"来，帮我把书架挪开。"

"您是老板，都听您的。"阿芬变回原形，跳下地，和奥吉一起轻轻把书架从墙边挪开。

书架突然晃动

起来——

吱吱嘎嘎、哼哼

唧唧地响。

它倒在地上，露出了

躲在后面的……

一个女孩？

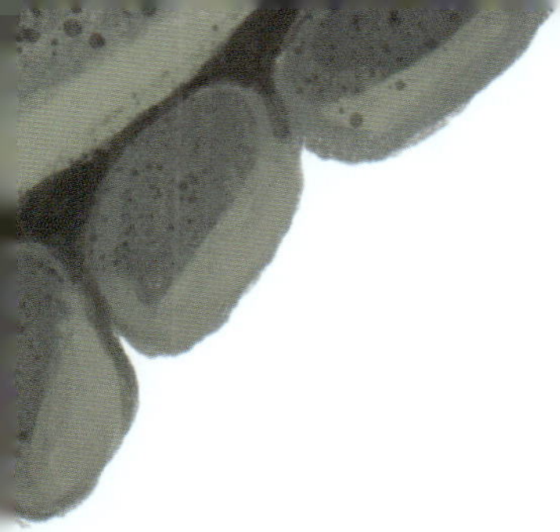

7

阿芬躲到了奥吉身后："唷，好可怕！"

那女孩其实一点儿都不可怕。她用一本书护在头顶，吓得瞪大了眼睛："别……别……别过来！"

奥吉摊开两手，表示自己没有恶意："别怕，我们不会伤害你的。我叫奥吉。这是我的朋友阿芬。"

"不，不是朋友，是同事。"阿芬说。

女孩一定是觉得奥吉可以信任，才放下了手里的书。“我叫维纳·书虫。”她擦了擦脸颊，好像刚刚哭过。

奥吉指着四周问：“维纳，是谁把这儿弄得这么乱啊？”

“是怪兽，”维纳说，“我爸爸旅行带回来的。他和他的朋友们就喜欢领养那种独一无二的动物。”

“领养？是绑架吧。”阿芬说道。

奥吉不想跑题，接着问：“所以他们把那只动物带到石堡来了？然后呢？”

“怪兽一开始挺温顺，”维纳说，“可后来突然大吼起来，吓得大家惊声尖叫，然后……”她低下头，嗫嚅着说，“然后，怪兽就把他们都吞了。”

奥吉知道黑鸦党邪恶而危险，但还是忍不住心疼起维纳来。“那一幕一定很可怕，”他说，“别担心，我就是来找那只奇异动物的。我工作的地方叫无双马厩——”

“你疯了？”阿芬突然冲到奥吉面前，嚷嚷道，“你怎么能把马厩的事告诉她！她跟黑鸦党那些坏蛋可是一伙儿的！”

“你没看见她吓坏了吗？”奥吉说，“而且她刚刚失去了爸爸。”

“你只听她的一面之词呀？”阿芬挥着胳膊，“要是个陷阱怎么办？说不定整个故事都是她编的！”

“我没撒谎，”维纳说，“我能证明。”

“好啊，书虫小姐，”阿芬说，“你的证据呢？在哪儿？”

女孩哆哆嗦嗦地指了指前方：“就在你们后面。”

奥吉盯着言隐兽，言隐兽也盯着奥吉。她眼睛小小的，獠牙长长的，还挺着个特别大的肚子。

阿芬跳起来就往后退：“呃……家里门没锁，我去去就回！”

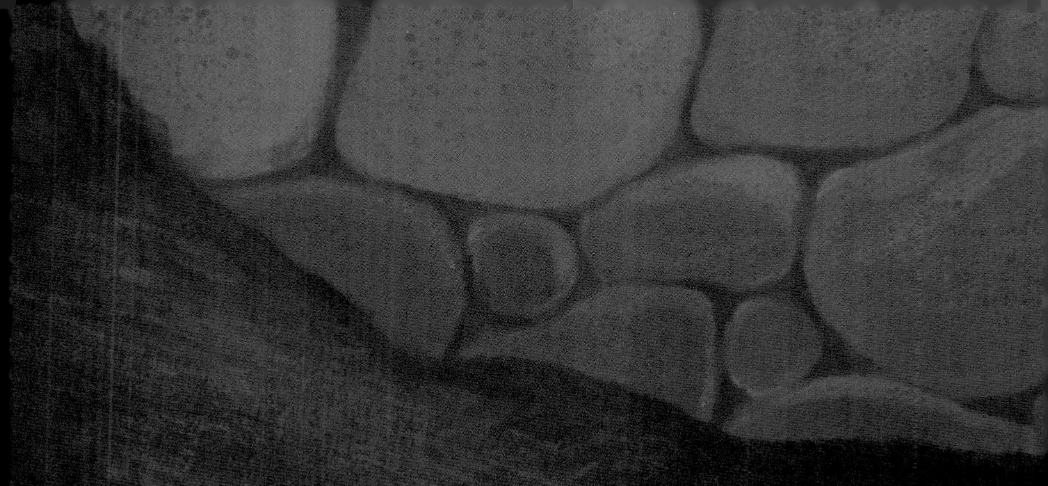

言隐兽张开了大嘴："咕噜噜噜噜？"

"听起来是个问句啊，"奥吉说，"她是不是有什么要求？"

维纳一把抓住奥吉的胳膊："无论你做什么，千万别回答她！所有跟她说话的人，都被她吃掉了！"

"还从没有我安抚不了的奇异动物呢。"奥吉挽起了袖子。

言隐兽望着他，等待着他的回答。奥吉走近了。奇异动物呼出来的热气扑到了他的脸上。

“你……你好，”奥吉用最轻柔的声音说道，“我是奥吉，我来接你到安全的地方去，那里——”

不等他说完，言隐兽就咆哮着扑过来，把他们全都吞进了肚子里！

8

奥吉喜欢奇异动物，喜欢被他们环绕、簇拥、靠近、依偎……但他不喜欢待在动物的肚子里！

肚子里很黑，很臭，很挤。

“喂！”一个女人说，“你踩到我的脚了！”

“挪挪你的胳膊！”一个男人说。

奥吉感觉到维纳就缩在自己身边，于是问她：“你没事吧？”

“没事。”维纳说着，擦掉了沾在书上的口水。

奥吉的眼睛渐渐适应了黑暗。他环顾四周，看见了好几个黑鸦党。

“我认得这个小孩，”其中一个说，“上回就是他坏了我的好事！”

“可不是嘛，”另一个说，“我的计划也叫他毁了！”

第三个冲着维纳皱起了眉头。“你这孩子，我不是告诉过你，不准乱动我的藏书吗？”他指了指维纳手里的书，“这可不是玩具。”

这本书叫《探究之书》，收录了世界各地奇珍异宝的名字。黑鸦党正是按照书中的名录来追捕独一无二的动物的。

“对不起，爸爸，”维纳低下了头，“我以为这本书能告诉我怎样阻止怪兽。”

奥吉忍不住打断了她：“那不是怪兽，是奇异动物，叫言隐兽。”他非常反感人们使用“怪兽”这个词。

“言隐兽是什么？”维纳问。

就在这时，奇妙的事情发生了。

9

维纳把这本《探究之书》读了很多遍，但她从来没有提过问题。

那句“言隐兽是什么？”刚一出口，书的封面就掀开了！书页飞快地翻动，仿佛有一只无形的手在操纵。

“怎么回事？”维纳的爸爸着急地问，“它怎么自己动了？”这本书在他手中从来没这样自己翻动过。他可能有点儿嫉妒。

书页翻到中间，终于停下了，绿色的墨水写着“言隐兽”几个字。墨水在书页上洇开，勾勒出一幅画面，看上去非常眼熟。

“嘿！”奥吉说，“这不就是她嘛！”

“这本书是活的！”维纳惊叹道。这真是太神奇、太动人了。不过，现在她有更重要的事要操心。她看了书页底部的“言隐兽”词条。

言隐兽：独一无二的奇异动物，名叫伊丽莎白。叫不对她名字的人，都会被她吃掉；叫对她名字的人，则能将她驯服。她目前栖身于黑鸦党的赃物窝藏点，肚子疼得厉害。

奥吉一拍手说：“原来言隐兽的名字是伊丽莎白。现在只要有人叫她的名字就行啦！然后就能让她放了我们。”

“可是外面没人了呀，”维纳说，“所有人都被她吞进肚子里了。”

奥吉长舒一口气：“可不是‘所有人’哟。”

10

奥吉泡在胃酸里的时候，阿芬正苦苦地躲着，怕得要命。

他看见言隐兽迈着大步子，在石堡的大厅里走来走去，肚子胀鼓鼓的，都快撑破了。阿芬希望她溜达累了就去睡觉，他好趁机溜走。他觉得抛下奥吉很不好，可又提醒自己，这是迟早的事：护生员们来了又去，没必要走心深交。

然而，言隐兽走近时，阿芬突然听见有个熟悉的声音在喊他：

“阿芬！你听得见吗？”

阿芬从花瓣中探出脑袋。那听起来是奥吉的声音。“是你吗，小孩？”

“我和维纳在一起呢，”那个声音又喊起来，“我们被困住了，需要你叫出言隐兽的名字！”

言隐兽转过身，嗅了嗅空气中的味道。她看着阿芬，舔了舔獠牙：“咕噜噜噜噜？”

阿芬的眼睛瞪得像樱桃派。“后会有期吧，小孩！”他扔掉花枝，从花瓶里跳了出来。

言隐兽一口吞掉花枝，追在他身后。

阿芬跑过大厅，发现了一个带小铁门的房间。他连忙钻进去，锁紧了门。

砰！言隐兽撞塌了铁门，使劲儿地往里挤。

阿芬无路可逃了。现在没人能帮他，他只能靠自己了。

阿芬环顾四周，想找工具来驯服言隐兽。可是，该选哪个呢？

接着他有了主意——一个慌慌张张、漏洞百出的主意。

杀意救生条
致命门球锤
末日悠悠球
棉花糖大炮

“放马过来吧！”阿芬说。

言隐兽真的过来了。

阿芬的武器用光了，主意也全没了。

“对不起啊，小孩，我尽力了！”他紧贴着墙壁，“我实在不是这盐巴兽的对手……啊，管她叫什么！”

奥吉的声音幽幽传来：“不是盐巴兽，是言隐兽！你要叫对她的名字！”

阿芬翻了个白眼：“我不叫名字！这事不是早就说过了吗？”都什么时候了，奥吉竟然还惦记着什么名字？

“不！”奥吉喊道，“想要驯服她，就得叫对她的名字！她叫伊丽莎——”

他还没说完，言隐兽就扑了过去，把阿芬按在地上，硕大的獠牙上淌着热乎乎的口水。

“什么？你说她叫什么？”阿芬挣扎着说，“她太吵了，我听不清”。

“伊丽莎白！”奥吉说。

“一粒鲨鱼？”

“伊丽莎白！”奥吉大声喊。

“一脸傻了？”

“伊丽莎白！”奥吉声嘶力竭地大吼。

这回，阿芬总算听清了：“啊，这才像个名字——”

言隐兽咆哮着打断了他。

阿芬紧闭双眼：“你好呀伊丽莎白很高兴认识你！”

转瞬之间，暴躁的动物安静下来了，然后就……

吸溜吸溜吸溜！

湿漉漉、黏糊糊

地亲了他一大口!

11

阿芬花了一点儿时间跟伊丽莎白交涉，劝她把吞进肚子里的人吐出来。没过多久，所有人都出来了，安安全全地站在石堡里，拧着衣服上的口水。

“嗨，伊丽莎白！”他们为了自保，全都大喊她的名字。

伊丽莎白变得温顺又友好。

“其实也没多难，”奥吉对阿芬说，“叫对别人的名字本来就是应该的。连名字都叫不对，对方就会觉得你不在乎他。”

阿芬连忙摆手：“可我很在乎……呃，在乎不被吃掉啊！”

这时，维纳的爸爸指了指屋子对面：“快！快把铁链拿过来！”

“不要铁链！”奥吉说，“不能把奇异动物锁起来！”

维纳的爸爸邪恶一笑："铁链不是锁动物用的，是锁——你啊！"

黑鸦党的坏蛋们一拥而上。他们挥着工具和武器。他们总有圈套和陷阱。

"咱们还是赶紧走吧。"阿芬小声说。

维纳的爸爸挡在门口，举起一副手铐，恶狠狠地说："以后你再也别想破坏我们的计划了，小不点儿！"

奥吉环顾四周，焦急地想要脱身。可他找不到出路，想不出办法。在他身边的，只有……朋友。

维纳站出来说：“爸爸，原来你们干的都是坏事！是偷窃，是绑架！”她把那本书抱在怀里：“你们想抓奥吉，得先过我这关！”

“还有我！”阿芬说。

“哈哈哟哟哟……喔哦！”伊丽莎白说。

黑鸦党的坏蛋们盯着她的肚子……

吓得逃走了！

奥吉身边，只有朋友。

而这，显然足够了。

12

趁着黑鸦党乱作一团，奥吉和朋友们冲回了无双马厩。

他们刚一进去，那雾气蒙蒙的入口就消失了。围栏不大不小，言隐兽睡在里面刚刚好。

“我把活儿都干完了，”薇拉说，“早餐时可热闹啦！”

“谢谢你。”奥吉说。马厩里虽然一片狼藉，但至少动物们都好好地在自己的地盘待着。

维纳望着这些独一无二的动物，眼睛瞪得老大：“这是什么地方啊？”

问题一出口，那本《探究之书》就打开了。她读过之后便问奥吉：“原来你在这儿工作啊？”

只见书页最上面的词条写道：

无双马厩：神奇的马厩，专门收留独一无二的动物，目前由男孩奥吉负责，他干得很不错。

奥吉盯着这句话，心里舒服多了：“要是我干得不够好，书里就不会这么说了吧。”

“好着呢，像水果软糖那么好！”走道里突然传来盘小姐的声音。“这些动物多开心啊，”她转向大门说，“您说是吧，糕教授？”

奥吉屏住了呼吸。

糕教授来了，就站在门口！

“确实，好得很，”老人走进马厩，“我挑选护生员可是很有眼光的。”

奥吉努力地没话找话：“您……您来这儿干什么？”啊，听起来有点儿没礼貌，但奥吉已经手足无措了。

老教授似乎并不介意。他走近了新围栏。“想必你已经见到伊丽莎白了，”他搓了搓宽大的下巴，“言隐兽很难对付，如果处理不当，会惹麻烦。”

“多谢你的提醒。”阿芬讥讽道，不过声音非常非常小。

奥吉心里很乱。他想到了《探究之书》里自己的名字，想到了码头边的那艘小船，想到了几乎从不现身的糕教授。其实，奥吉只跟糕教授说过一次话，就是教授邀请他来小岛生活的时候。

“糕教授？”奥吉的声音低得像说悄悄话，“您是来……送我离开的吗？”

老教授似笑非笑："不是的，奥吉。如果那一天真的来临，只能是出于你自己的选择。"

"那您来这儿是为了什么？"

"为了见见新朋友呀！"他推推眼镜，转向维纳，"欢迎你来到我的小岛，维纳·书虫。"

13

暖融融的晨光洒在海平面上。盘小姐的小船里装满了食物和水，仅剩的空间，只坐得下一个紧张的小女孩。

盘小姐递给维纳一只旧茶壶：“糕教授在这里面装了大风。出海之后只要打开盖子，大风就会把你吹到该去的地方。”

前一天晚上，糕教授与维纳进行了一番长谈。每个来到小岛上的人，都会经历一次这样的谈话，谈的是——你是谁，你将成为谁。

“糕教授说，《探究之书》选了我当它的护书人。”维纳跨进小船里，告诉奥吉，“我的工作就是保证这本书的安全。”

奥吉站在极乐码头边，依依不舍。他才刚刚认识维纳，这就又要分别了。“我不明白，”他说，“你留在这儿护着书，不行吗？”

“因为不只有《探究之书》这一本呀，”维纳说，“‘四惑丛书’一共有四本，《探究之书》是其中之一，不管哪本落在坏人手里，都很危险。”她低下头，看了看自己衣服上的黑鸦党标志，“我得赶在我爸爸之前找到另外三本，把它们守护好。”

奥吉用脚趾踢着码头上的木板缝："或许等你找到那些书，你就能回来看看了。"

维纳笑了："那你得千万保重，在我回来前别被吃掉哟。"

一阵微风拂过，小船直往远处漂。“抓紧时间吧！”盘小姐拽着缆绳催促，“风越来越大了！”

奥吉抱了抱维纳：“去吧！”

维纳在船舵边坐好：“走啦！”

船离岸了。

奥吉望着维纳的小船消失在海平线上。他低头看看身边的阿芬，送那么多护生员离开，要说多少句“再见”呀。奥吉颤悠悠地吸了口气说：“昨天，我以为离开小岛就是我能遇到的最糟糕的事了，却从没想过送别人离开是什么感觉。”

阿芬点点头："所以我才一直劝你啊，奥吉。人们来了又去，没必要走心深交。"

奥吉眨眨眼睛："你刚才叫我……奥吉？"

"呃，这个嘛……"阿芬清了清喉咙，"我觉得这样比较保险。万一你也想吃了我呢？"

14

在世界的最高处，有一座小岛。

在小岛的正中央，住着男孩奥吉。

奥吉工作的马厩里，全是充满野性的奇异动物。

每一只动物的名字，他都清清楚楚！

你好，
我的名字是
伊丽莎白。
跟伊丽莎白
打个招呼吧
嗨，
我叫
伊丽莎白。

伊丽莎白
我是伊丽莎白。

作者简介

乔纳森·奥克西尔，广受好评的童书作家，《纽约时报》畅销书作家，著有《快手彼得与神眼》（*Peter Nimble and His Fantastic Eyes*）、《暗夜园丁》（*The Night Gardener*）、《苏菲·奎尔与最后的故事守护人》（*Sophie Quire and the Last Storyguard*）、《大扫除：小女孩与小怪兽》（*Sweep: The Story of a Girl and Her Monster*）。乔纳森与家人定居于美国宾夕法尼亚州匹兹堡市。

绘者简介

奥尔加·德米多娃，毕业于俄罗斯莫斯科应用艺术学院，毕业后曾任动画师，但对插画的巨大热情改变了她的职业方向。目前她与世界各地的出版机构合作，为面向儿童的书籍和应用程序配图。